los TiPOS MALOS

en MISIÓN IMPROBABLE

ORIGINALLY PUBLISHED IN ENGLISH AS *THE BAD GUYS IN MISSION UNPLUCKABLE*

TRANSLATED BY JUAN PABLO LOMBANA

TEXT AND ILLUSTRATIONS COPYRIGHT © 2015 BY AARON BLABEY
TRANSLATION COPYRIGHT © 2017 BY SCHOLASTIC INC.

ISBN 978-1-338-15550-1

10 9 8 7 6 5 4 3 2 1   17 18 19 20 21

PRINTED IN THE U.S.A.   23
FIRST SPANISH PRINTING 2017

BOOK DESIGN BY MARY CLAIRE CRUZ

· AARON BLABEY ·

los TiPOS MALOS

en MISIÓN IMPROBABLE

SCHOLASTIC INC.

¡ÚLTIMA HORA!

¡PÁNICO EN LA PERRERA!

Interrumpimos este programa
para traerles una
noticia de última hora.

TRISTINA CHISMERA
está informando desde
el lugar de los hechos.
Tristina, ¿qué está pasando?

CHATO PIÑERO CANAL **6**

¡Gracias, Chato!

Bueno, se trata de algo **INCREÍBLE** aquí en la **PERRERA**.

Parece que una especie de **BANDA ENLOQUECIDA** entró, derrumbó una pared y luego se alejó en un ruidoso automóvil de carreras, haciendo que **200 ATERRORIZADOS CACHORRITOS** escaparan a toda velocidad.

TRISTINA CHISMERA CANAL **6**

Aquí tengo al **SR. GERMÁN GUARDADO**,
jefe de seguridad de la perrera.

Sr. Guardado, ¿cómo describiría usted a estos
MONSTRUOS?

Eh... pues... todo ocurrió
muy rápido, pero... estoy seguro
de que eran cuatro...

Eh... sin duda había un **LOBO**.

Un lobo *feroz* con dientes muy afilados.

Y había una **CULEBRA**.

Una culebra *horrible* que parecía estar de muy mal humor...

Eh, también había una **JOVEN SEÑORITA**...

¿LINDA CHICA? ¿O TIBURÓN MORTAL?

o quizás era un **TIBURÓN**. inmenso... No sabría diferenciarlos...

Ah, sí, y también había un pez asqueroso.

¡UNA SARDINA MUTANTE ANDA SUELTA!

Tal vez era una **SARDINA**.

No estoy seguro.

Dígame, Sr. Guardado,
¿cree usted que
estos *villanos* son...

PELIGROSOS?

Sí, claro, Tristina.
Son muy peligrosos.

Es más, diría que se
trata de unos...

EN VIVO DESDE LA PERRERA CANAL 6

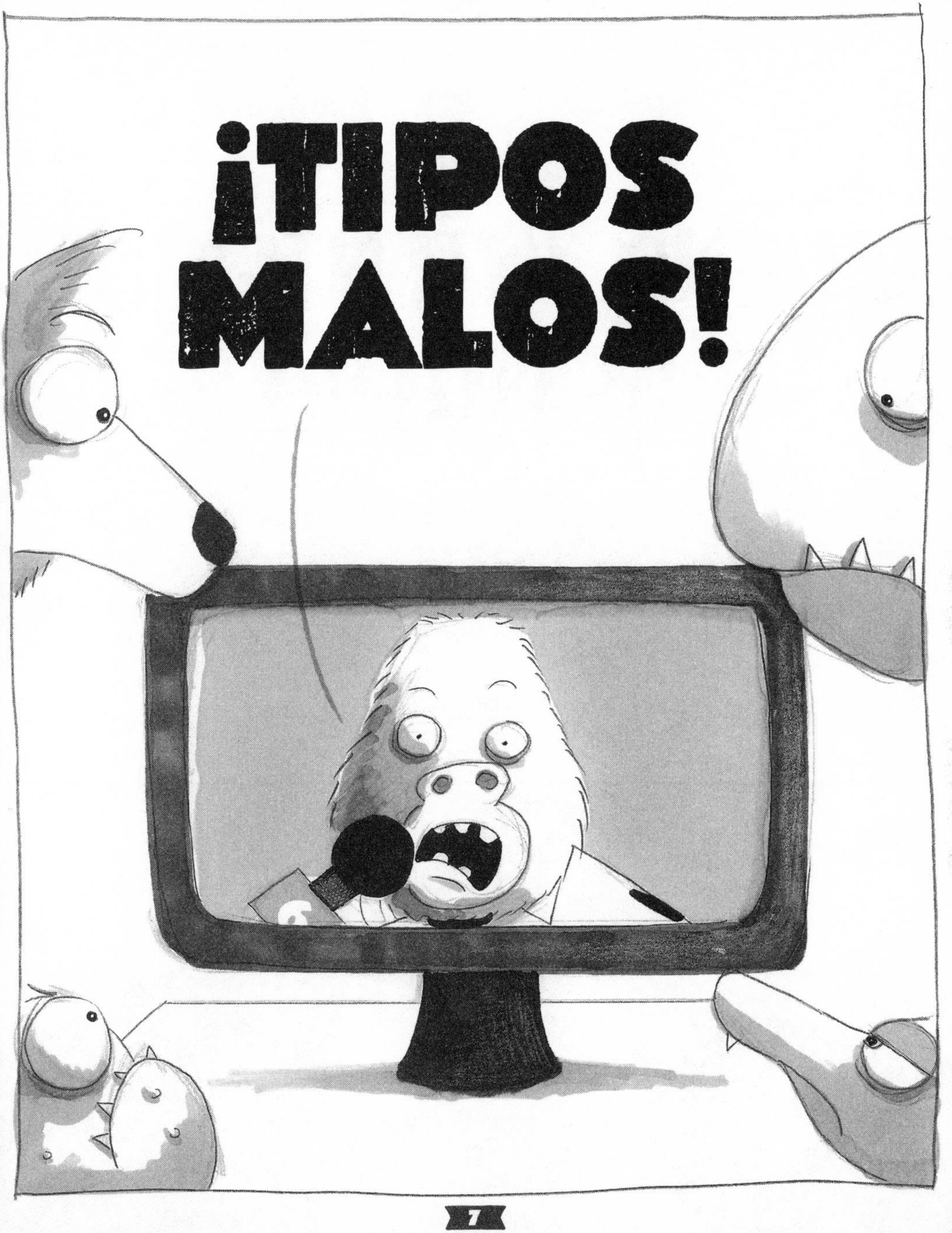
¡TIPOS MALOS!

· CAPÍTULO 1 ·
BUENO, INTENTEMOS DE NUEVO

¿De qué está hablando?
¡Nosotros **SALVAMOS** a esos cachorros!
¡Fue un
RESCATE!
¡Nosotros somos unos
TIPOS BUENOS!

Y POR ÚLTIMA VEZ,
¡NO **SOY** UNA SARDINA!
¡SOY UNA PIRAÑA!

¡ÑAM! ¡ÑAM! ¡ÑAM!

¿Ves, Lobo? **NUNCA** van a creer que somos tipos buenos. Yo mejor me largo antes de que la policía venga a buscarnos.

¡NO, de ninguna manera, Sr. Culebra! No nos vamos a rendir. Acabamos de empezar.

¡No olviden **LO BIEN** que nos sentimos
cuando rescatamos a esos perros!

Solo debemos asegurarnos de que todos
SE DEN CUENTA
de que somos unos **HÉROES**.

¡Solo debemos hacer algo
FENOMENAL para que todo
el mundo se dé cuenta!

¿Qué tienes en mente,
Sr. Lobo?

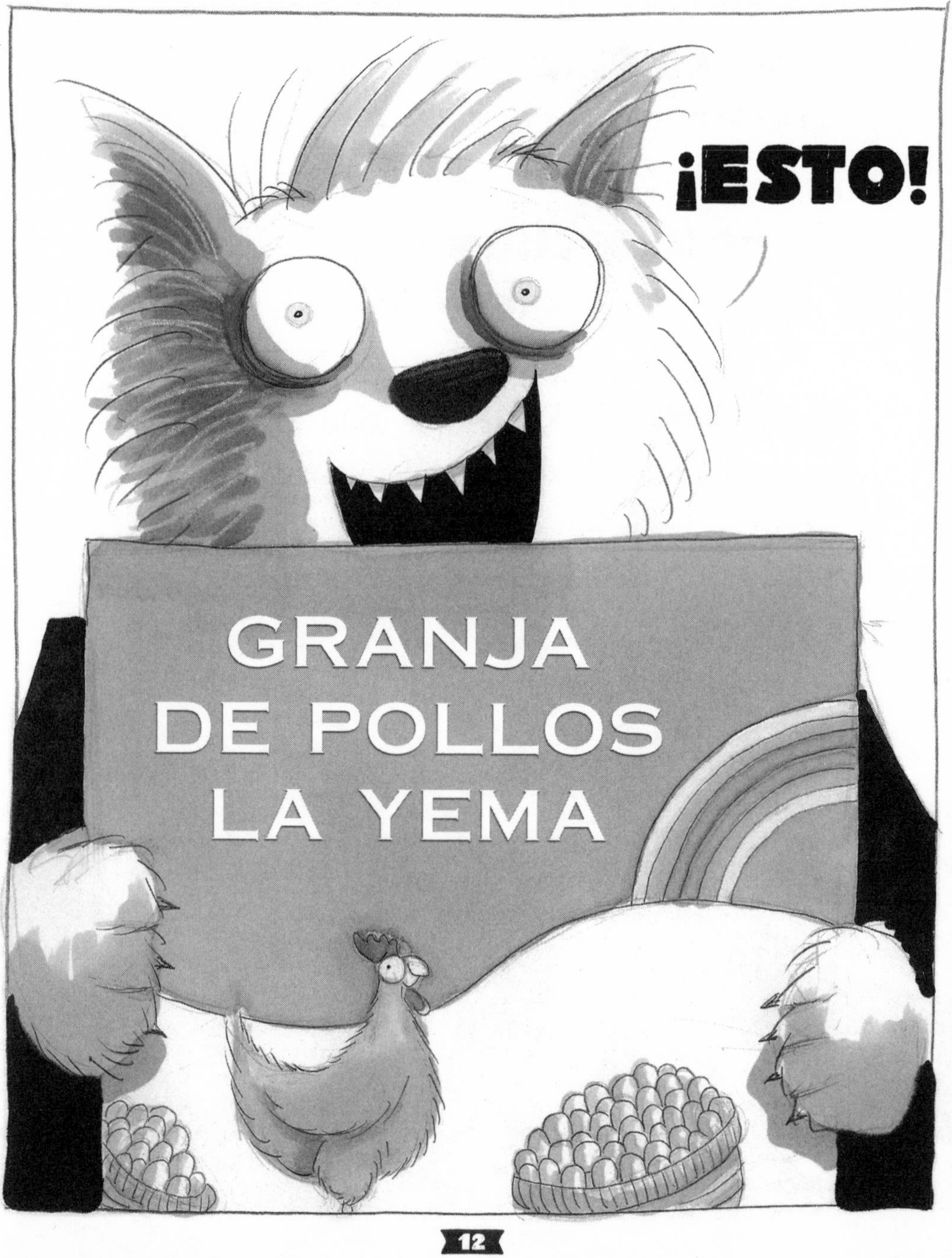
¡ESTO!
GRANJA
DE POLLOS
LA YEMA

¿Quieres que nos metamos a una granja de pollos?

¿Pollos?

¿Dijiste... *pollos*?

¿Una granja de pollos? Pero ese pollito se ve contento. No necesita que nadie lo rescate...

¿De veras?

Miren lo que pasa ADENTRO de la
Granja de Pollos La Yema, amigos.

¡10.000 POLLOS!

¡Metidos en jaulas
DIMINUTAS!

¡**24** horas al día!

¡**SIN** luz!

¡**NI** espacio para correr y jugar!

¡Qué horror!
¡Es lo peor que he
oído en mi vida!

¿Qué estamos esperando?

¡DEBEMOS DARLES LA

LIBERTAD

A ESOS POLLITOS!

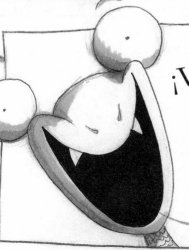

¡Vamos! ¡Vamos! ¡Vamos!
¡Vamos! ¡Vamos! ¡Vamos!
¡Vamos! ¡Vamos! ¡Vamos!
¡Vamos! ¡Vamos! ¡Vamos!

¡VAMOS!

Hola, *todoooos*...

¿Estás bien, amigo?

¿Qué?

BABEA

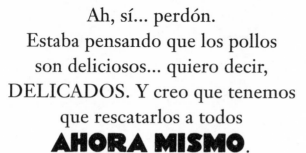

Ah, sí... perdón.
Estaba pensando que los pollos
son deliciosos... quiero decir,
DELICADOS. Y creo que tenemos
que rescatarlos a todos
AHORA MISMO.

Ay, ojalá fuera así de
simple, amigo mío.
Pero temo que tengo
malas noticias...

¡Entrar en la Granja de Pollos La Yema es IMPOSIBLE!

¡Es una **GRANJA DE POLLOS DE MÁXIMA SEGURIDAD CON PAREDES DE ACERO** de treinta pies de altura y ocho pies de grosor!

NO HAY VENTANAS y todas las puertas están **VIGILADAS.**

LA YEMA INC.

Y aunque *pudieras* entrar, te atraparían
inmediatamente porque...

Si tocas el SUELO, ¡suena una **ALARMA!**

Si tocas las PAREDES, ¡suena una **ALARMA!**

Y si tocas los RAYOS LÁSER, ¡suena una
ALARMA!

ALARMA DE
SUELO

ALARMA DE
PARED

ALARMA DE
RAYOS LÁSER

¿Dijiste

RAYOS LÁSER?

¿Para qué nos muestras esto, chico? ¡No tenemos la experiencia para este tipo de trabajo!

No, no la tenemos.
Pero conozco a alguien que la tiene.

¿Quién?

· CAPÍTULO 2 ·
el CEREBRO ESPANTOSO

¡Hola, paisanos! ¡Es un verdadero placer conocerlos!

¡AYYYYYY!
¡CORRAN, CHICOS! ¡¡¡Es una
TARÁNTULA!!!

Lo siento mucho, Patas. No sé qué les pasa.

Bah, no te preocupes. Me pasa todo el tiempo.

¿PATAS?

¿Conoces a este monstruo?

¿Cómo se te ocurrió invitar a una tarántula a nuestro club?

No puedo respirar...
araña...
Mami...
Mami...
Quiero a mi mami...

¡Sr. Tiburón! ¡Basta ya!
¡Deberían avergonzarse de actuar así!
PATAS es igual que nosotros.
Es un TIPO BUENO con una MALA reputación.

Ay, gracias,
Lobo.

Es **PELIGROSO,** socio.

¡Sí!
¿Y por qué no usa
pantalones?

Nada de pantalones, paisano.
Me gusta sentirme libre.

No puedo respirar...
sin pantalones...
pánico... pánico...

Ya, ya.

Patas, ¿por qué no les
muestras lo que sabes hacer?

Está bien. Comencemos
con algo sencillo.

ACCESO: OTORGADO
NOMBRE: SR. CULEBRA
Nota: Muy peligroso
Qué hacer: No acercársele

¡Oye! ¡Ese es
mi prontuario
policial!

Caray, parece que no
les caes muy bien, ¿no?

¡Pero **NADIE** puede entrar ahí!
No hay manera de penetrar
en su sistema. ¡Es el sistema más
seguro que existe!

Sí, es un *poco* difícil.

¡TAP!
¡TAP!
¡TAP!
¡TAP!
¡TAP!
¡TAP!
¡TAP!
¡TAP!
¡TAP!

Pero vale la pena solo por
verte sonreír, Sr. Culebra.

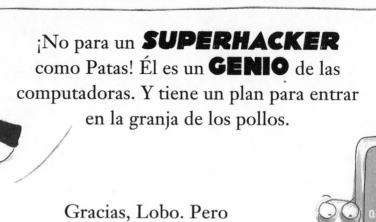

¡No para un **SUPERHACKER** como Patas! Él es un **GENIO** de las computadoras. Y tiene un plan para entrar en la granja de los pollos.

Gracias, Lobo. Pero primero voy a dejar esto como estaba antes. Después de todo, somos tipos buenos...

y no me gustaría que nos metiéramos en problemas. Perdón, Sr. Culebra. Me temo que vuelves a ser peligroso.

¡Oye!

¡Esto es

¡INCREÍBLE!

Me encanta ser miembro de este equipo. ¡Y apuesto a que en menos de un día vamos a ser los **MEJORES** amigos del mundo!

Araña...

sin pantalones...

en mi cabeza...

¡DESMAYO!

Oye, chico.
Déjame decirte algo:
pantalones.

¡PLAF!

· CAPÍTULO 3 ·
MISIÓN MÁS O MENOS IMPOSIBLE

Bien, paisanos, seguí su consejo
y me puse ropa. ¿Qué les parece?

Todavía puedo ver su
TRASERO PELUDO.

Ya cállate,
Piraña.
Deja que
hable.

ESCUCHEN.

Para meterlos en la Granja
de Pollos La Yema, lo único
que necesito es infiltrarme
en su computadora central y
apagar las alarmas.

PERO

hay un problema...

El sistema es

TAN SEGURO

que no puedo hacerlo
desde aquí.

Necesito que ustedes conecten

ESTA COSA

a la computadora de la granja
para yo poder entrar.

Cuando hagan eso, podré
APAGARLO TODO
para que ustedes lleguen
hasta los pollos.

Espera un minuto. ¿Nos estás
diciendo que puedes infiltrar
un archivo policial, pero **NO**
puedes infiltrar el sistema de
una GRANJA DE POLLOS
sin nuestra ayuda?

Sí. Es EXTRAÑO.
Esta granja de pollos es
bestial, paisano.

Pero si es tan bestial,
¿cómo vamos a llegar a la
computadora? ¡Lobo dijo
que no hay manera de entrar
en el edificio!

Bueno, hay **UNA** manera.

Pero no es fácil...

Hay una
ESCOTILLA PEQUEÑA
en el techo.

Deben entrar por la escotilla y
BAJAR
150 pies por una cuerda hasta la computadora. Cuando lleguen a ella, **ME CONECTAN**.

¡PERO!

Si tocan las PAREDES o el SUELO, la
ALARMA sonará y los atraparán.

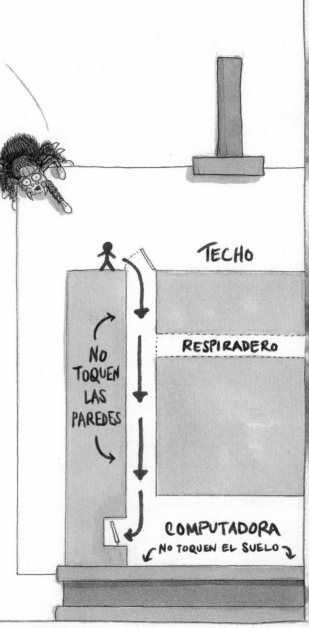

TECHO

NO TOQUEN LAS PAREDES

RESPIRADERO

COMPUTADORA

NO TOQUEN EL SUELO

¿Eso es todo?

No suena tan mal.

No he terminado.

Una vez que esté conectado, deben trepar por la cuerda, meterse por este **RESPIRADERO** y seguir por él hasta las JAULAS DE LOS POLLOS.

TECHO

RESPIRADERO

Como dije, no suena
tan mal.

TODAVÍA NO HE TERMINADO.

Verán, antes de llegar a las jaulas de los pollos,
se encontrarán con los **RAYOS LÁSER**.
Si tocan alguno, la alarma sonará.

Ah, y los rayos les darán un
latigazo. Y eso duele *mucho*.

RESPIRADERO

RAYOS
LÁSER

¿Pero por qué estarán prendidos los rayos láser? Pensé que tú apagarías todas las alarmas.

Lo haré. Las **OTRAS** alarmas estarán apagadas.

Pero la **ALARMA DE los RAYOS LÁSER** solo se puede apagar manualmente. Hay que apagar un interruptor desde adentro.

Así que... ¿la apagamos y ya?

Sí.

Aún así, no suena tan mal.

¡Porque **TODAVÍA NO HE TERMINADO!**

El interruptor está del OTRO LADO
de los rayos láser, ¡así que hay que
ATRAVESARLOS para llegar a él!

POLLOS
POR AQUÍ

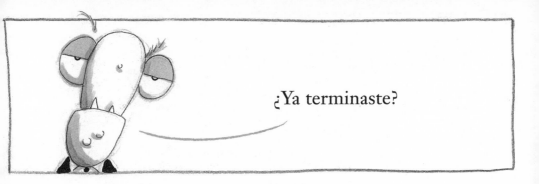

¿Ya terminaste?

Eh... sí.

¡Bien!
¡Porque estás

LOCO!

¡De **NINGUNA MANERA** podremos hacer eso, chico!

¡Claro que sí podemos!

¡Pero **SOLO** si trabajamos en **EQUIPO!**

Así que Culebra y Piraña,

¡ustedes vendrán CONMIGO!

¡Vamos a **ENTRAR**, conectar

ESTO a la computadora y

SACAR A ESOS POLLOS!

¡Esto va a ser

GENIAL!

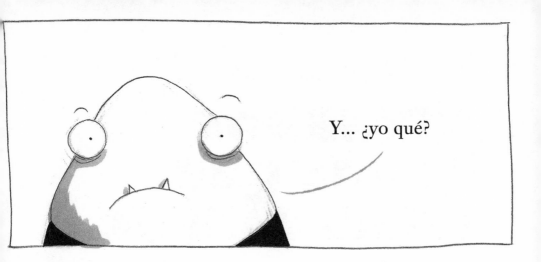

Y... ¿yo qué?

Tú vas a trabajar conmigo, grandulón.
¡Nosotros NOS ENCARGAREMOS de que estos tipos
entren y salgan sin que los atrapen! ¿No es increíble?
¡Tú y yo vamos a PASAR **MUCHO** TIEMPO JUNTOS!

*Ay... eso es...
fabuloso...
pero... creo que...
voy a...
llorar...*

No hay tiempo para llorar, Sr. Tiburón.

¡TENEMOS POLLOS QUE RESCATAR!

· CAPÍTULO 4 ·
POR LA ESCOTILLA

Oigan, ¿por qué están
sentados tan lejos?

MÁS TARDE ESA NOCHE...

GRANJA DE
POLLOS LA YEMA
¡NO ENTRAR!

Nos vemos ridículos.

¡Oye, Tarántula!
¿Por qué los
estúpidos disfraces?

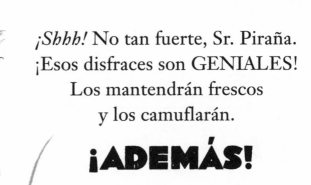

¡Shhh! No tan fuerte, Sr. Piraña.
¡Esos disfraces son GENIALES!
Los mantendrán frescos
y los camuflarán.

¡ADEMÁS!

Cada disfraz tiene un micrófono
y audífonos, así que podremos
comunicarnos.

¿ENTIENDES?

Oye, Lobo, ¿nos prometes que
habrá pollos allá dentro?

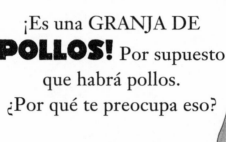

¡Es una GRANJA DE
POLLOS! Por supuesto
que habrá pollos.
¿Por qué te preocupa eso?

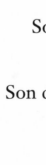

Ah, por nada.
Solo que yo **ADORO**
los pollos, socio.

Son deliciosos... eh, quiero decir,
son *PRECIOSOS*.

Sí, eso...

Tú SABES que vinimos a SALVAR a los pollos, ¿verdad?

Sí, sí.

Y no vas a tratar de **COMERTE** ningún pollo, ¿no?

No, no.

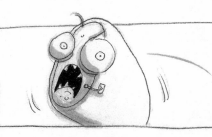

¡Oye! ¿Podemos hacer esto DE UNA VEZ? Este disfraz me pica.

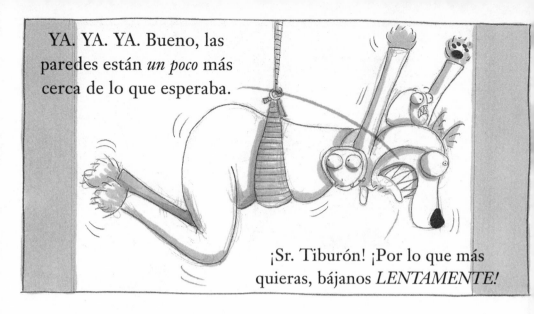

YA. YA. YA. Bueno, las paredes están *un poco* más cerca de lo que esperaba.

¡Sr. Tiburón! ¡Por lo que más quieras, bájanos *LENTAMENTE!*

Entendido.

¿Necesitas ayuda, amigote?

¡BOING!

AYYYYYYYY

¡FUF!

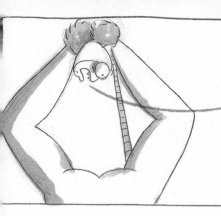

Uy. Por poco.

¡AY, CARAMBA!

Sr. Lobo,
¿te ha dicho alguien que tienes
cara de **TRASERO?**

¿Qué?

Ah. Perdón. Me equivoqué.

¡Oye, mira! ¡La
computadora! Creo que
puedo alcanzarla...

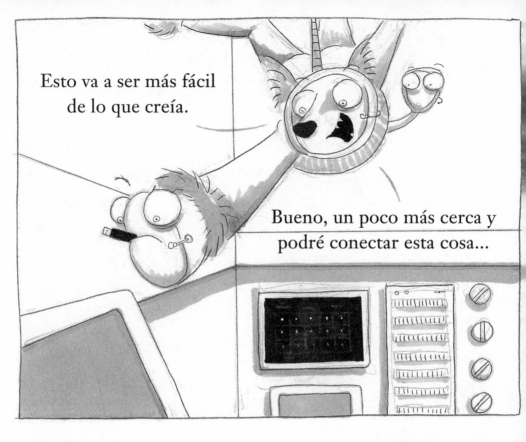

Esto va a ser más fácil de lo que creía.

Bueno, un poco más cerca y podré conectar esta cosa...

Un poco *más* cerca.

Eh...
¿Lobo?

¡CLIC!

SILBA
SILBA

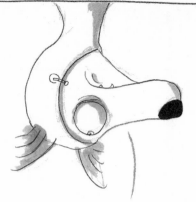

No nos vio.
¿Por qué no nos vio?

¡Shhh! No sé.
Tal vez es muy miope.
Eh... bueno...
¿Qué debemos hacer?

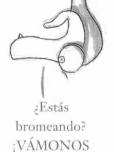

¿Estás
bromeando?
**¡VÁMONOS
DE AQUÍ!**
¿TIBURÓN?
¡CANCELA!
¡CANCELA!
¡SÚBENOS YA!

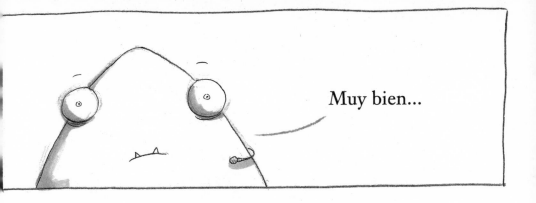

Muy bien...

¡NO! ¡ESPERA!

Miren lo que está comiendo, chicos. Es un sándwich de sardinas.

Creo que tengo una idea.

¿Piraña? No vas a hacer
una locura, ¿verdad?

"Locura" es mi apellido, chico.
Deséame suerte...

¡Piraña! ¡No!

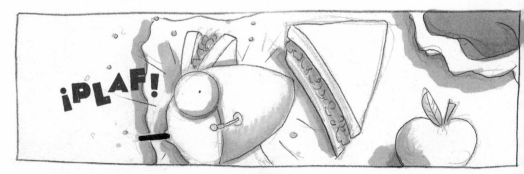

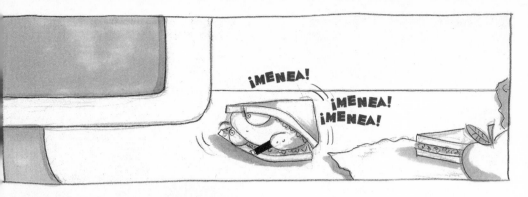

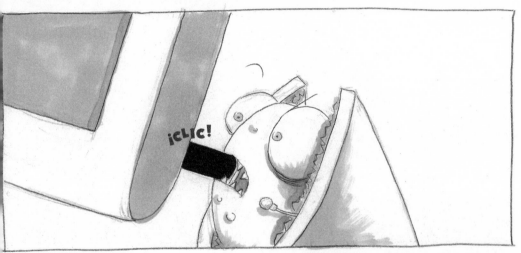

¡Todas las alarmas están apagadas! Repito, ¡las **ALARMAS ESTÁN APAGADAS!** Pueden entrar en el respiradero.

¡Piraña! ¡Estás muy lejos! Tienes que saltar...

No, Sr. Lobo...

Mi boleto era de ida nada más, chico.

¿QUÉ? ¡No te podemos abandonar!

Tienen que hacerlo, hermanos. No hay otra opción.

Vayan y salven a esos pollos. ¡Sálvenlos por **MÍ**!

¡Lobo! ¡Despierta!
¡TIBURÓN! ¡SÚBENOS!

Listo.

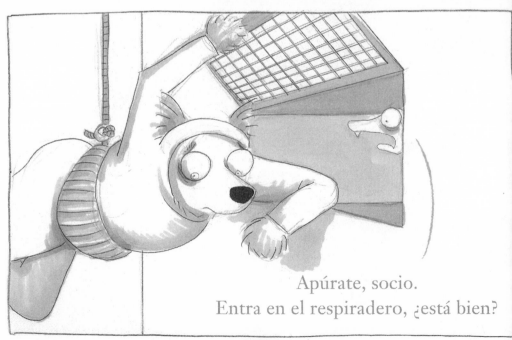

Apúrate, socio.
Entra en el respiradero, ¿está bien?

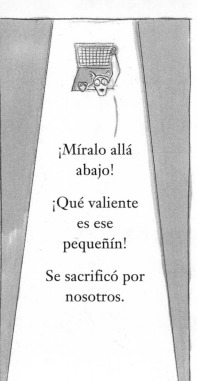

¡Míralo allá abajo!

¡Qué valiente es ese pequeñín!

Se sacrificó por nosotros.

Adiós, chicos.

Sí, sí. Vamos ya. Tengo hambre. Quiero decir, *TENGO GANAS* de salvar a esos pollos. Sí.

Tienes razón. Mejor vamos.

Adiós, Sr. Piraña. Cuídate.

Más fácil decirlo que hacerlo, nene.

CAPÍTULO 5

NO TE CAIGAS

¿Ves, Sr. Culebra? De esto es de lo que estoy hablando. Sin el Sr. Piraña, **NUNCA** habríamos llegado aquí. **ESO** es lo que significa ser miembro de un equipo. **COOPERACIÓN.**

Sí, sí, muy interesante, pero ¿DÓNDE ESTÁN LOS POLLOS, socio?

Allí delante, supongo.

Esta parte ha sido mucho más fácil de lo que pensaba. ¡De veras no sé por qué tanto...

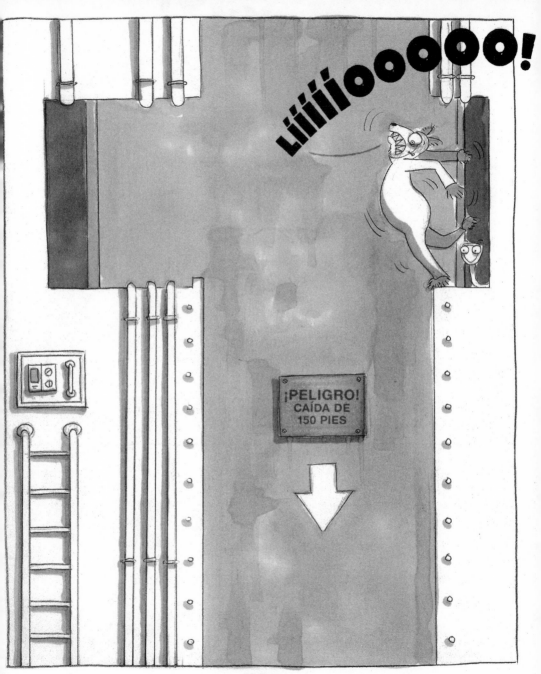

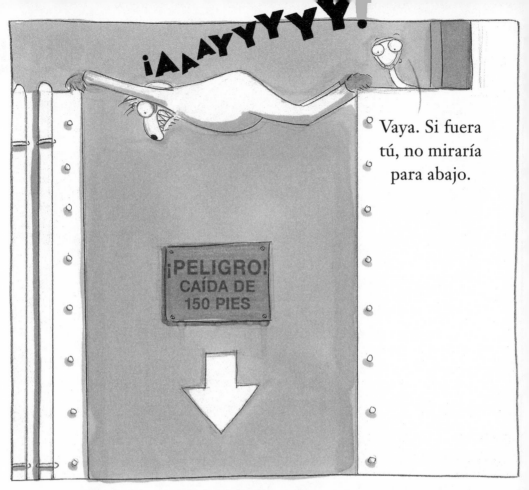

¡Oye! Tengo una idea. ¿Por qué no esperas aquí?

Yo voy y me trago... digo, *TRATO* de encontrar a esos pollos.

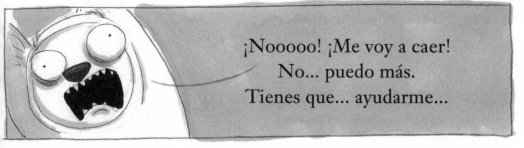

¡Nooooo! ¡Me voy a caer! No... puedo más. Tienes que... ayudarme...

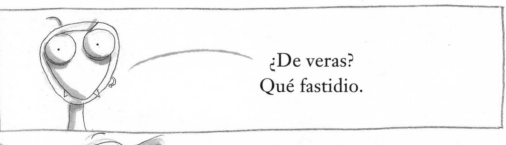

¿De veras? Qué fastidio.

¿FASTIDIO?
SI NO ME AYUDAS, ¡ME VOY A **MORIR!**

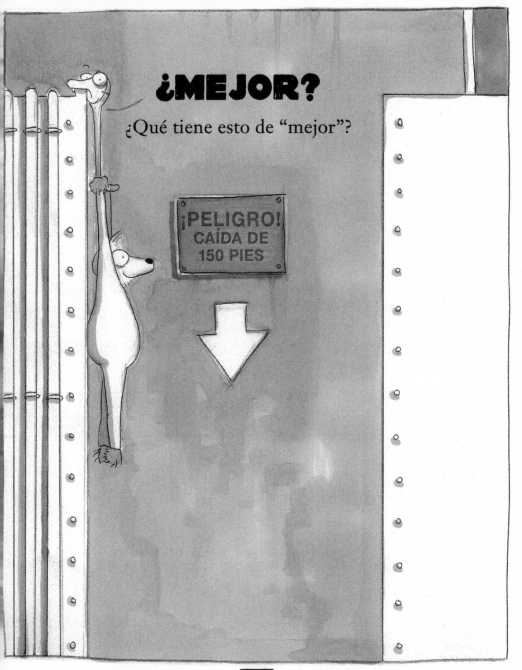

¿MEJOR?

¿Qué tiene esto de "mejor"?

¡PELIGRO!
CAÍDA DE
150 PIES

Necesitas hacer
dieta, socio.
De veras.

Bueno, pensemos.

¿Qué podemos hacer?

Estamos en un lío.

No solo YO estoy en
un lío. Y no solo TÚ.
LOS DOS estamos
en un lío.

Somos un **EQUIPO**
en un lío. Así que
debemos salir de él
como un **EQUIPO**.

¡LO TENGO!

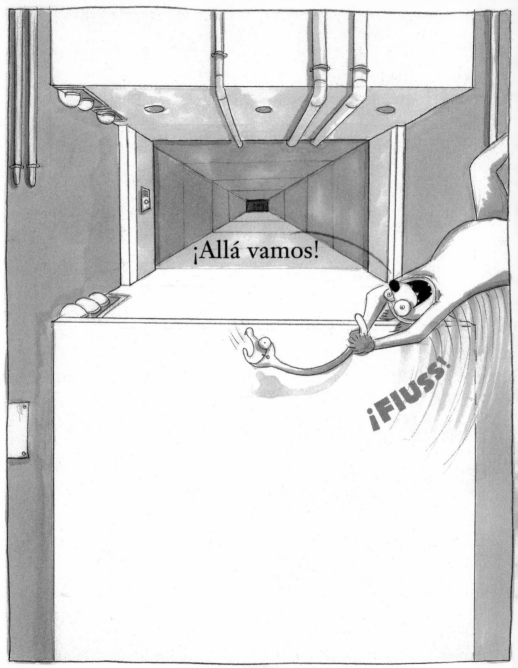

· CAPÍTULO 6 ·
VOLVAMOS A EMPEZAR

Esto pinta mal.

¿Piraña?
¿Me oyes?

¿Sr. Tiburón? ¿Eres tú?

Estoy por convertirme en el almuerzo de un mono, chico.

No te muevas, Sr. P. Voy por ti.

¡BOING!

¿Puedo ayudarte, **GRANDULÓN?**

Mucho... miedo... a las... arañas...

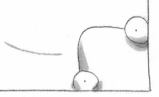

Ah, ya. ¿Y por qué?
No temas, puedes decirme.

Está bien...

¡Me da **MIEDO** mirarlas porque tienen **DEMASIADOS OJOS** y **DEMASIADAS PATAS** y siento TANTO pánico de eso que creo que **VOY A VOMITAR!**

Pero... disculpa si eso
suena antipático.

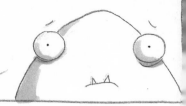

Está bien.

No, de veras. No me gusta lo que
dije. Pensarás que soy antipático.

No, está bien. Pareces un
tipo agradable. ¿Pero puedo
preguntarte una cosita?

Sí, claro.

Pues...

Como no puedo dejar de ser una tarántula, igual que tú

NO PUEDES DEJAR DE SER UN

MONSTRUO MARINO INMENSO Y TERRORÍFICO,

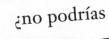

¿no podrías

SUPERAR

tu miedo
para que

TAL VEZ

pueda ayudarte a
salvar a tu amigo?

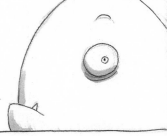

Eh... está bien.

Lo siento. Creo que fui antipático.

Está bien. Es un buen consejo.

Bueno... eh... ¿Cómo vamos a rescatar a esa piraña?

He oído decir que te disfrazas muy bien. ¿Es verdad?

En ciertas ocasiones.

Pues, para que sepas, yo soy MUY bueno haciendo disfraces. ¿Por qué no trabajamos juntos?

Está bien.

¿Pero qué clase de disfraz puedo ponerme para meterme en una granja de pollos?

¿Por qué no le sacas las plumas a esas almohadas, Sr. Tiburón, y te cuento cuál es mi idea?

· CAPÍTULO 7 ·
CONFÍA EN MÍ, SOY UNA CULEBRA

¡Ay, no! ¡Mira esos rayos láser! ¡**NUNCA** podré atravesarlos!

Creo que tenemos un problema.

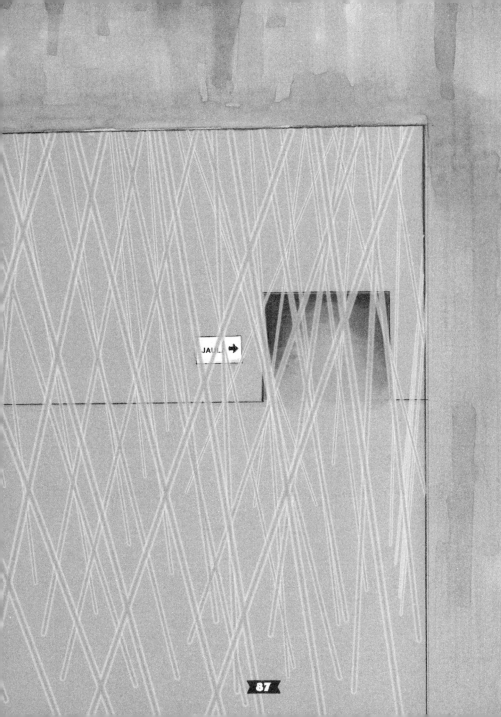

JAUL ➡

Eh, no, no, no, no. No es ningún problema. Yo quepo entre esos rayos. Pero es mejor que lo haga yo **SOLO.**

¿Estás seguro?

Sí, DEFINITIVAMENTE. Los atravieso meneándome y me zampo a esos pollos... digo... **SALVO** a esos pollos.

Sí.
Los salvo.
Je, je.

Pero cuando llegues al otro lado, ¿vas a apagar los rayos láser?

Sí, sí, claro.

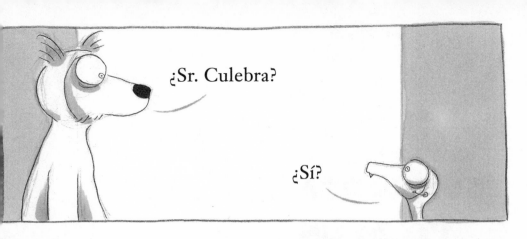

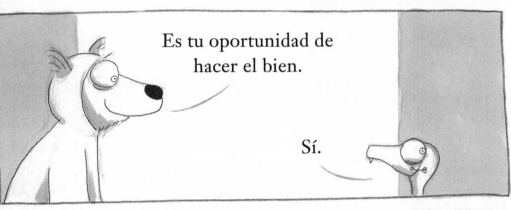

¡COMPÓRTATE COMO UN HÉROE, SR. CULEBRA!

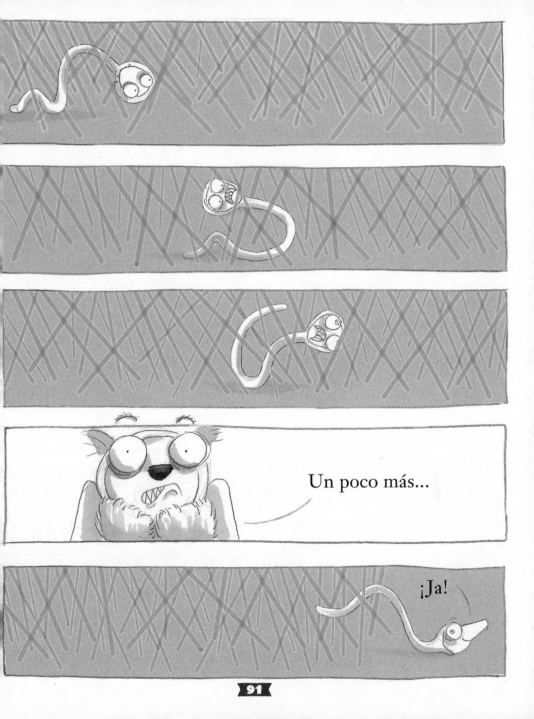

Un poco más...

¡Ja!

¡Lo **LOGRASTE!**

¡Eres increíble!

Ahora, apaga los rayos láser para que yo pueda pasar...

Ajá, seguro.

Dame un minuto mientras busco el interruptor...

¡Tómate tu tiempo, amiguito!

¡ERES GENIAL!

Estoy TAN orgulloso de estos tipos.

SILBA
SILBA

Caray, ya pasaron quince minutos.

¿Todo BIEN allá, Sr. Culebra?

¡Ajá! Ya está.

¡Vaya! Esto está oscuro.
¡Psst! ¿Sr. Culebra? ¿Dónde estás?

¡Ah, ahí estás!
¿Pasa algo?

Urghugh.

¿Sr. Culebra?

¿Qué haces ahí?

¿En la oscuridad?

¿Detrás de todas esas...
jaulas **VACÍAS?**

Gnnughgagh.

Suenas raro, amigo.
¿Estás bien?

¡Sgurrrr!

Ay, no.

Espera...
No me digas...

¡CULEBRA!
¿QUÉ HICISTE?

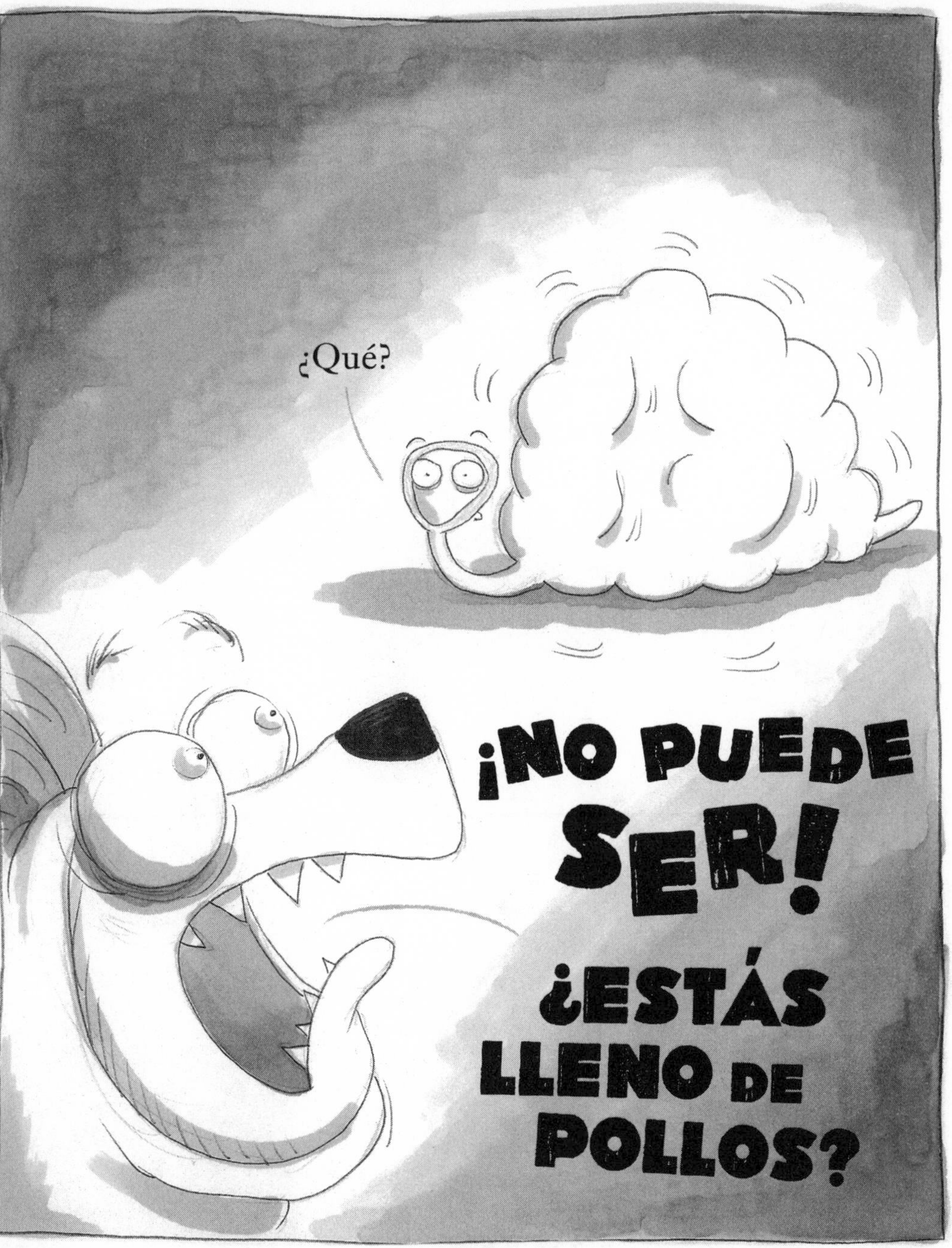
¿Qué?
¡NO PUEDE SER!
¿ESTÁS LLENO DE POLLOS?

No, lo siento.

Culebra, tú no vas a arruinar este plan. De ninguna manera.

¿Eh?

¡AGARRA!

NO.
DE.
NINGUNA.
MANERA.

¡YO CONFIÉ EN TI! ¿Cómo pudiste hacer algo tan horrible?

Soy una culebra, socio. ¿Qué esperabas?

NO, Sr. Culebra. ERES UN TIPO BUENO. Y no vas a salir de este edificio sin 10.000 pollos sanos y contentos. TODOS Y CADA UNO DE ELLOS. **¿ME HAGO ENTENDER?**

· CAPÍTULO 8 ·
MUCHO POLLO

¡Ay, caramba!

¡Este es el fin, amigos!

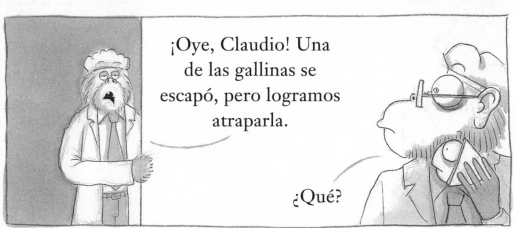

¡Oye, Claudio! Una de las gallinas se escapó, pero logramos atraparla.

¿Qué?

¿Quién sabe? Pero vamos a bajarla a las jaulas.

¡Ay, perdón! Te interrumpí el almuerzo...

Ah, no importa. Puedo comer mientras camino.

Oye, chico. ¿Qué pasa?

¡Claudio! ¡Tu sardina está viva!

¿SARDINA?

¡Te lo ganaste, chico!
¡Ahora este sándwich te va a
COMER A TI!

¡ARRGGHHH!

Eso, ¡soy su **PEOR** pesadilla, señores! ¡Soy una hamburguesa piraña con **MUCHO PICANTE!**

¿Sr. Tiburón?
¿Eres tú?

Sí.

¡Increíble! Casi no te reconozco.

Sí, lo sé.
Soy bueno
disfrazándome.

¡UAAA! ¡UAAA! ¡UAAA!

¡AY, NO!
¡Hicieron sonar
la alarma!

¡AAA! ¡UAAA! ¡UAAA!

¡Pero Lobo
y Culebra
quedarán
atrapados!

¡Oigan! ¡Es Patas!
¡Salgan de ahí!
¡Van a atraparlos!

¡UAAA! ¡UAAA! ¡UAAA!

No nos iremos sin
nuestros chicos.

Ni
nuestros
pollos.

¡UAAA! ¡UAAA!

¡La alarma!
¡Tenemos que darnos prisa!

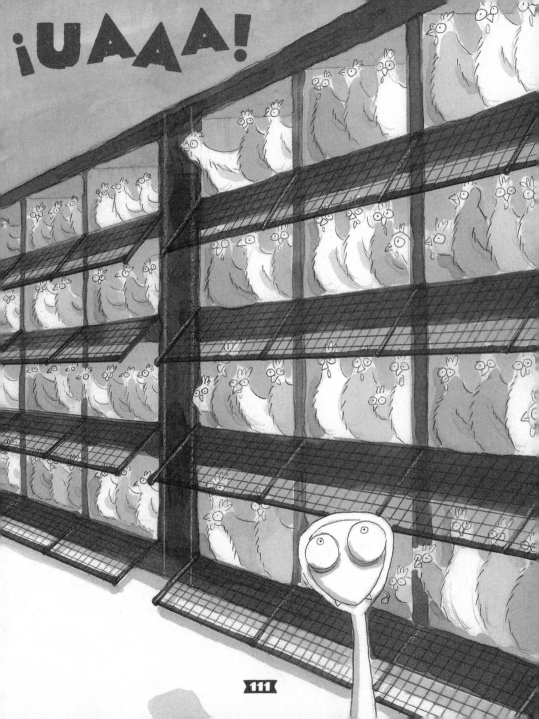

Ya abrimos las jaulas, pero no están saliendo. ¿Qué les pasa a estos estúpidos pollos?

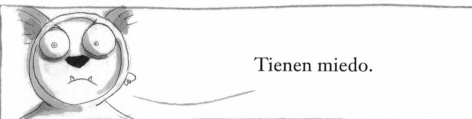

Tienen miedo.

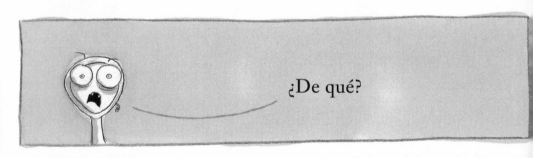

¿De qué?

¡DEL CANALLA QUE TRATÓ DE **COMÉRSELOS!**

No pude controlarme.

Lo siento.

Decir "lo siento" no nos va a sacar ahora del aprieto, Sr. Culebra.

¿Qué vamos a hacer?
Los pollos están aterrados.

Necesitan **SEGUIR** a alguien.

Necesitan a alguien
en quien **CONFIAR**.

Necesitan...

UNA MAMÁ GALLINA.

Vaya. Qué gallina tan grande.

Muy bien, polluelos.
Sé que están asustados,
pero esta es su
OPORTUNIDAD
de salir de este
horrible lugar.

¿Entienden?

¡VAMOS A SALIR DE AQUÍ!

¡Sr. Piraña!
¡Aquí estás!

¿Estás bien?

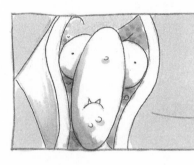

Estoy completamente
cubierto de mayonesa.

Ay. Ya veo.

Pero no está tan mal.

Creo que me gusta.

ARRIBA
ABAJO
¡Esperen! ¡Miren! ¡Es ese tipo de allá arriba! ¡NO lo detendremos a tiempo!
PUERTA CERRÁNDOSE

¡Estamos **ATRAPADOS!**

¡Es el **FIN!**

¡Mis pollos **NUNCA** serán libres!

¡Lánzame hacia él!
¡Es nuestra única
esperanza!

¡Es una locura!

Es mi oportunidad de
hacer el bien, Sr. Lobo.

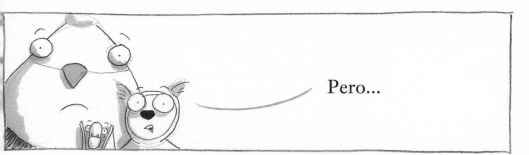

Pero...

¡LÁNZAME AHORA O ESTOS POLLOS NUNCA SERÁN LIBRES!

¡HAZLO!

Y no falles.

¿ENTIENDES?

Entiendo.

Hola. Juguemos un juego. La primera persona que abra la puerta no será mordida por una culebra.

Ganaste.

Ahora bien, ¿podrías por favor encerrar a todos los guardias después de que salgamos?

Ah, y si no lo haces, **AVERIGUARÉ** dónde vives y **ME VERÁS** en tu cama a medianoche.

¿Trato hecho?

Trato hecho.

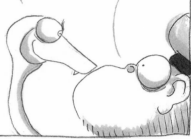

¡Maravilloso!

¡BOING!

¿Ves? Tú no eres el único Tipo Bueno que hay por aquí...

¡Lo sabía! ¡Lo sabía! ¡Lo sabía!

Está bien. Pero abrázame menos y corramos más.

· CAPÍTULO 9 ·
QUÉ EQUIPO

¡Estoy muy orgulloso de ustedes!

¡10.000 pollos libres gracias a USTEDES!

Creo que ya estamos entendiendo esto de ser héroes, amigos.

Y eso te incluye a ti, Sr. Culebra.

Bueno, Osito Abrazador. Tampoco hay que exagerar.

¡Como quieras, viejo gruñón! Vámonos de aquí...

Pero...

¿Qué le pasó al **AUTO?**

Ah, sí. Mientras esperaba a que volvieran, le puse ruedas de un **CAMIÓN MONSTRUO** y un **MOTOR DE REACCIÓN**. Espero que no les moleste.

¡No nos molesta!

Y me di cuenta de que tú estabas un poco apretado ahí dentro, Sr. Tiburón, así que arreglé tu asiento. Si no te gusta, puedo ponerlo como estaba antes.

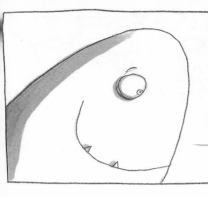

Me... me *encanta*, Patas.
Eres muy considerado.

Gracias.

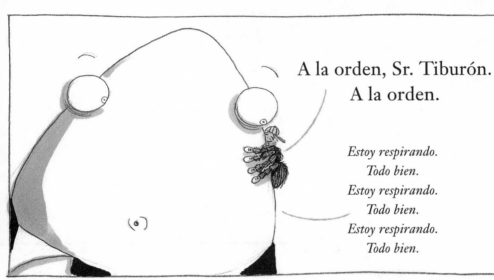

A la orden, Sr. Tiburón.
A la orden.

Estoy respirando.
Todo bien.
Estoy respirando.
Todo bien.
Estoy respirando.
Todo bien.

¡CHIII!

¿Qué?
¿Alguien más
oyó eso?

¡CHAS!
¡CHII!

LA YEMA
INC.

Mmmm.
Parece que proviene de esa
PAVOROSA CASA VIEJA
cerca de la granja de pollos que...
por alguna razón no vimos.
¿Será que uno de los pollos se
perdió y fue a dar allá?

No sabía que los
pollos chillaran...

No. Me equivoqué.
Aquí no hay nada. Está vacía.

En realidad, no.
No está *completamente* vacía...

¡Miren!

¡*Ayyy!* ¡Miren a este simpático conejillo de Indias! ¿Qué haces aquí tan solito?

Creo que se llama Mermelada. Qué lindo, ¿no?

MERMELADA

Bueno, Mermelada, nosotros somos el

CLUB DE LOS TIPOS BUENOS.

¡Y hoy hemos venido a liberarte!

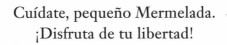

Cuídate, pequeño Mermelada. ¡Disfruta de tu libertad!

Adiós, pequeñín.

¿Tipos... buenos?

¿TIPOS BUENOS?

Solo porque se llaman a sí mismos
TIPOS BUENOS, ¿creen que pueden

ENTRAR EN MI GRANJA DE POLLOS Y LIBERAR A MIS POLLOS?

¿Y CREEN QUE PUEDEN SALIRSE
CON LA SUYA?

No, ya verán. Van a pagar por esto.

No lo
duden...

¡ME LAS PAGARÁN!

¡JE JE JE JE JE!
¡JE JE JE JE!

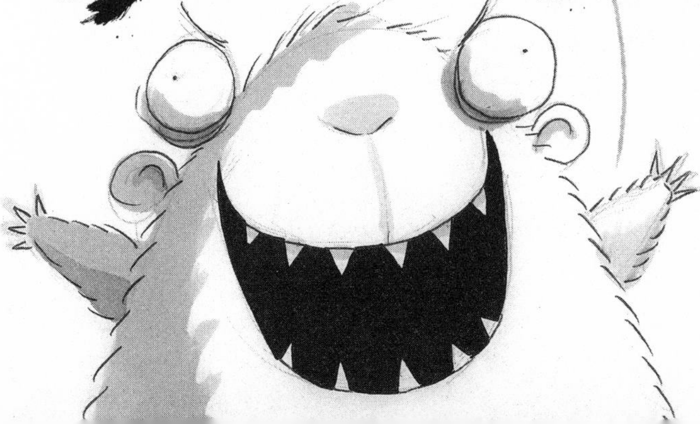

SOBRE EL AUTOR

AARON BLABEY solía ser un actor espantoso. Luego escribió comerciales de televisión irritantes. Luego enseñó arte a gente que era mucho mejor que él. Y LUEGO, decidió escribir libros y adivina qué pasó. Sus libros ganaron muchos tipos de premios, muchos se convirtieron en *bestsellers* y él cayó de rodillas y gritó: "¡Ser escritor es increíble! ¡Creo que me voy a dedicar a esto!". Aaron vive en una montaña australiana con su esposa, sus tres hijos y una piscina llena de enormes tiburones blancos. Bueno, no, eso es mentira. Solo tiene dos hijos.